Dieses Buch gehört:

Folgt den Spuren

erdacht und erzählt von Eva M. Spaeth
gemalt von Helge Nyncke

Sellier Verlag

Die Krähe wacht auf. „Oh, schönes Wetter", freut sie sich. Es riecht nach Frühling. Endlich! Während sie ihr Gefieder mit dem Schnabel putzt, fällt ihr wieder ein, was sie auf der Lichtung hinter den Eichen entdeckt hat. Fröhlich flattert sie zum Teich, um ihre Freunde zu suchen. „Sie müssen hier sein, es sind so viele Spuren da", denkt sie und ruft: „Wo seid ihr denn? Hört mal alle her!" „Was ist denn los?" quakt die Ente. „Ich habe gestern abend etwas entdeckt, das solltet ihr euch anschauen, das sieht man nicht alle Tage!" „Was denn, wo denn?" fragt die Ente. „Eigentlich wollte ich doch gerade mit dem Eierlegen anfangen." „Dann warte noch ein bißchen", sagt die Krähe. „Am besten treffen wir uns morgen bei Sonnenaufgang auf der Lichtung hinter den Eichen." „So früh?" mault die Schnecke. „Und so weit weg!" Die Kröte kommt ans Ufer gekrabbelt: „Achttausenddreihundertneunundvierzig Eier. Neuer Rekord." „Herzlichen Glückwunsch", sagt die Krähe. „Dann komm doch morgen auch zur Lichtung – es gibt was zu sehen. Aber ich muß jetzt weg, ich will es noch weitererzählen."

Die Krähe fliegt zur Wiese. Im Gras liegen kleine braune Kügelchen; sie dampfen noch. „Auch eine Art, Spuren zu hinterlassen", denkt die Krähe. „Guten Morgen, Hase!" ruft sie fröhlich. Der Hase macht blitzschnell Männchen, seine Löffel schnellen hoch. „Was willst du denn hier? Für dich und deine Sippe gibt es hier nichts mehr zu holen! Dieser Rübenacker ist schon so gut wie leergefuttert." „Nur keine Aufregung. Ich will dir ja gar nichts wegfressen", beschwichtigt die Krähe. „Ich will dir doch nur was sagen: Morgen bei Sonnenaufgang treffen wir uns alle auf der Lichtung hinter den Eichen. Da gibt es was zu sehen!" „So?" sagt der Hase, „na, vielleicht komme ich hin." Plötzlich duckt er sich und flüstert: „Vorausgesetzt, ich erlebe es noch!" Und mit langen Sätzen stiebt er davon, daß der Krähe die Erdbrocken nur so um den Schnabel fliegen.

Was hat er denn plötzlich? Vorsichtshalber flattert die Krähe auf den Zaun und späht umher. Da sieht sie einen rotleuchtenden Rücken und weiß Bescheid. „Guten Morgen, Fuchs!" ruft sie von oben. „Wenn du dich ordentlich benimmst, verrate ich dir, daß wir uns alle morgen früh bei der Lichtung hinter den Eichen treffen. Ich hab da was entdeckt!" Der Fuchs leckt sich die Barthaare. „Warum seid ihr bloß immer so mißtrauisch gegen mich?" „Ja, ja, schon gut. Willst du mir helfen? Sagst du den Tieren des Waldes Bescheid?" „Mach ich doch gern", säuselt der Fuchs. Am Bach schreckt die Krähe den reglos lauernden Reiher auf. „Bist du nicht gescheit?" zischt der große Vogel. „Du verjagst mir ja alle Fische!" Erzürnt legt er seinen Hals in eine schöne Kurve, breitet die Schwingen aus und fliegt davon. „So warte doch!" ruft ihm die Krähe nach. „Sei froh, daß er weg ist", wispert ein Stimmchen am Boden. „Ach, Eidechse", sagt die Krähe. „Willst du sehen, was ich gestern entdeckt habe? Du brauchst nur den Spuren zu folgen, dann findest du den Weg. Es sind sicher schon viele Tiere unterwegs."

Inzwischen war der Fuchs dabei, die Waldtiere zusammenzutrommeln. Den Rehbock hatte er bald aufgespürt; denn der fegte gerade sein neues Gehörn an jungen Bäumen und hinterließ damit untrügliche Spuren. Dem Eichhörnchen hatte der Fuchs seine Botschaft in die hohen Tannenwipfel hinaufgerufen und zur Bestätigung einen abgenagten Tannenzapfen auf den Kopf gekriegt. Schwieriger war es, den Dachs aus seinem Winterschlaf zu wecken und dem schläfrigen Uhu im hohlen Eichenstamm klarzumachen, daß dieser Tag nicht zum Schlafen gedacht ist; aber nun sind beide hellwach und voller Neugier unterwegs zur Lichtung. Die Maus ist ohne Scheu aus ihrem Erdloch gekommen und hat versprochen, ihren blinden Nachbarn, den Maulwurf, sicher zur Lichtung zu führen. So legen sie alle miteinander und hintereinander eine gut sichtbare Spur auf den Waldboden, der andere nachfolgen können. Nur der Specht trommelt noch ein bißchen, bevor er sich auf den Weg macht. Ein paar saftige Maden muß er unbedingt noch mitnehmen.

Ein Zitronenfalter ist gerade aus der Winterstarre erwacht. Wohlig dehnt er seine Flügel in der lauen Luft und läßt sich vom Wind davontreiben. Was ist das? Der Waldboden unter ihm ist voller Spuren. Da sind schnelle und langsame, dickpfotige und leichtfüßige, hüpfende und schlurfende, kriechende und watschelnde Tiere unterwegs gewesen. Und alle in derselben Richtung. Wohin denn bloß? Und was bedeutet die breite tiefe Spur, die quer dazu verläuft, fast wie ein Graben? Sind hier Tiere vielleicht auf der Flucht vor einem drohenden Unglück, von dem der Falter nichts weiß, weil er geschlafen hat? Ach, so viele Fragen auf einmal! Und dabei hat er doch seit fünf Monaten nichts gegessen und jetzt erstmal einen Riesenhunger. Wo ist die nächste Blume? Ob die Maus wohl mehr weiß, die da sitzt und zu ihm hochäugt?

Es fängt an zu regnen. „Pling, pling", platschen dicke Tropfen in den kleinen Tümpel, der sich weiter unten am Bach gebildet hat. „Ein herrliches Sauwetter", grunzt das alte Wildschwein und wälzt sich wohlig im Schlamm. Die Krähe läßt sich auf einem Weidenast nieder. „He du, laß dich bloß nicht stören, aber hör mir mal zu", ruft sie. „Mir ist's nämlich viel zu naß hier, um lange herumzusitzen. Auf der Lichtung hinter den Eichen findet morgen früh ein großes Treffen statt. Es gibt dort was zu sehen!" Der Keiler grunzt. „Gibt es wenigstens eine ordentliche Pfütze auf der Lichtung?" fragt er. „Na, vielleicht, wenn's lange genug weiterregnet", sagt die Krähe und schüttelt sich die Nässe aus dem Gefieder. „Also, bis morgen früh!"

Zwischen den Büschen am Bachufer raschelt und schnauft es. „Na, wenn das nicht . . .", denkt die Krähe. „Solche Geräusche macht doch nur einer. Na also, hab ich doch recht gehabt . . ." Auf seinen Trippelfüßen, ganz geschäftig, kommt der Igel aus seinem Winterversteck. „Da sind doch wieder Menschen unterwegs gewesen. Daß die immer Spuren hinterlassen müssen!" schimpft er vor sich hin. „Wenn's ja wenigstens nur Fußspuren wären wie bei jedem anständigen Tier!" „Gut, daß ich dich sehe", ruft da die Krähe. „Kommst du morgen früh auf die Lichtung? Da treffen wir uns alle!" „Wozu?" schnüffelt der Igel. „Wirst du dann schon sehen!" ruft die Krähe und fliegt weiter. „Wenn ich bloß nicht mehr so müde wäre . . ", murmelt der Igel.

Die Regenwolken haben sich verzogen, im Westen färbt sich der Himmel orange. Die Krähe fliegt hoch hinauf in die Eichenwipfel gleich bei der Lichtung. Sie ist sehr müde. „Was für ein anstrengender Tag", denkt sie beim Einschlafen. „Habe ich es auch allen gesagt? Wen habe ich bloß vergessen? Wen habe ich überhaupt verständigt? Ob ich das noch zusammenkriege? Die Ente, die Schnecke, die Kröte, den Hasen, den Fuchs, den Reiher, den Reiher? Was war noch mit dem Reiher? Ach, was rege ich mich auf? Alle werden sehen, wo die Spuren hinführen und einfach hinterherlaufen. Hinweise gibt es doch genug! Selber schuld, wer die nicht findet."

Als am nächsten Morgen die Sonne aufgeht, schütteln sich die Tiere den Schlaf aus Fell und Gefieder und schauen sich um. Was gibt es denn nun hier zu sehen? Wo ist die große Überraschung? Wo ist denn die Krähe? Wenn sie schon alle hergerufen hat, dann muß sie jetzt aber auch sagen, was los ist.

„Ich bin Großvater geworden! Nun schaut doch bloß! Die sieben hübschesten Frischlinge, die es je gegeben hat!" Da jubeln alle Tiere und freuen sich zusammen mit dem Keiler über sein Großvaterglück. Und dann feiern sie ein großes Frühlingsfest, und alle wollen miteinander tanzen.

Es tanzt das Kaninchen mit der Kröte
die Dohle mit dem Specht
der Rehbock mit dem Uhu
der Dachs mit dem Waschbären
der Igel mit dem Eichhörnchen
der Fuchs mit dem Hasen
die Eidechse mit der Spitzmaus
die Ringelnatter mit dem Regenwurm . . .

Wer die Geschichte nicht glaubt, der braucht nur hinzugehen und die Spuren anzuschauen, die auf dem Tanzboden zurückgeblieben sind.

„Wann fängt denn die Vorstellung endlich an?" brummt der alte Bär. „Da habe ich mich auf den weiten Weg gemacht und bin fast die ganze Nacht gelaufen, um vom Berg herunter hierher zu kommen. Und unterwegs finde ich immer mehr Fußstapfen von allerlei Kleingetier, und nun passiert hier gar nichts!"
Da kommt der alte Keiler ganz jugendfrisch im Schweinsgalopp um die Ecke gerannt. Er keucht aufgeregt. „Ich weiß es. Ich hab's entdeckt!" „Was ist denn los?" fragen alle.